AF586387

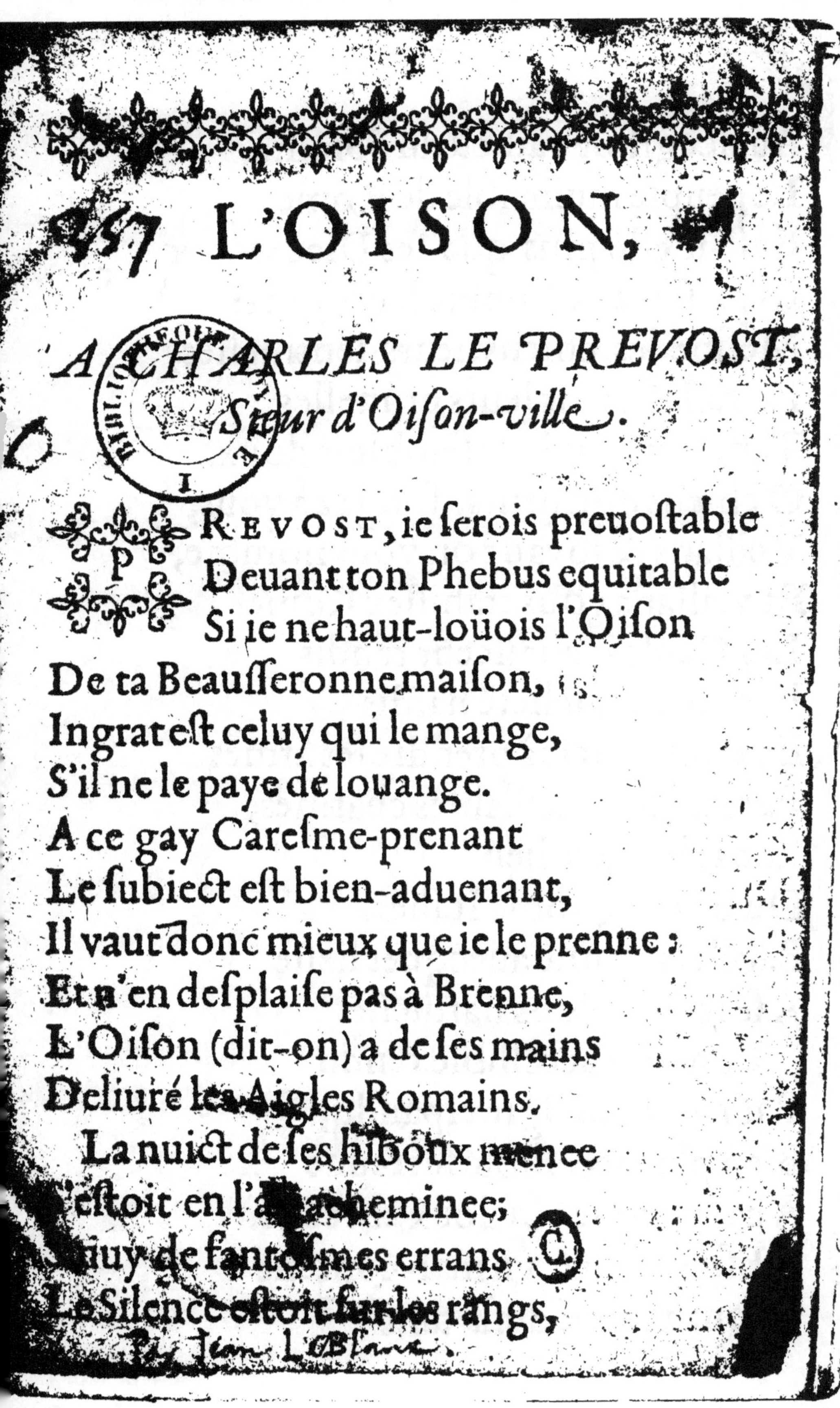

L'OISON,

A CHARLES LE PREVOST, Sieur d'Oiſon-ville.

PREVOST, ie ſerois preuoſtable
Deuant ton Phebus equitable
Si ie ne haut-loüois l'Oiſon
De ta Beauſſeronne maiſon,
Ingrat eſt celuy qui le mange,
S'il ne le paye de louange.
A ce gay Careſme-prenant
Le ſubiect eſt bien-aduenant,
Il vaut donc mieux que ie le prenne:
Et n'en deſplaiſe pas à Brenne,
L'Oiſon (dit-on) a de ſes mains
Deliuré les Aigles Romains.
La nuict de ſes hiboux menee
S'eſtoit en l'a[illegible]cheminee;
Suiuy de fantoſmes errans
Le Silence eſtoit ſur les rangs,

Par Jean Le Blanc

Au lict gisoit vaincu du Somme
Le peuple inuincible de Rome,
Eust-il esté plus que les Dieux?
Ils paissent de somme leurs yeux:
Mesme les chiens, leurs sentinelles,
En rassasioient leurs prunelles
Tant le pauot leur sembloit doux.
O chiens dormeurs, songez à vous,
Veillans & loyaux on vous nomme,
Et veillans vous trahissez Rome?
Les Gaulois auancent tandis
Par vostre lascheté hardis ,
Et contraincts à prendre les armes
Par les esmerueillables charmes,
Et par le suaue lien
Du bon vignoble Italien.
Bacchus donne auecques liesse
A ses champions hardiesse.
Le Mont accessible rendu
Par force vinaigre espandu,
Bien plus accessible se treuue
A ceux que le vin doux abreuue.
Escortez par vn mal-content
Ils ont auancé desia tant

Qu'ils ont descendu la montagne,
Et se desbordent en campagne.
Ainsi qu'vn torrent orageux
Entraine apres ses flots neigeux
Tout ce qui se rencontre en voye,
Les cases des pasteurs il noye,
Rauage les parcs, & les prez,
Les blonds espics, les seps pourprez;
Rescous de l'onde vehemente
Le rustique au loin se lamente.
Ainsi les Celtes furieux
Fourragent les champs en tous lieux,
A leur course aucun ne s'oppose,
Et n'est point ville si bien close
Où ne puisse entrer le soleil
Et leur tranchant de sang vermeil.
Rome du monde capitale
Est mesme leur proye fatale,
Ils veulent encore emprunter
Son Capitole à Iupiter.
Ce qui les porte à l'esperance
De le bloquer est l'asseurance
Qu'vn de leurs ennemis la nuit
L'auoit escaladé sans bruit,

Pour le deliurer de famine,
(Ce fut, dit-on, Ponce Comine)
Et pour eslire vn Empereur
Contre la Barbare terreur.
Ayant veu du long des murailles,
A la renuerse les brossailles,
Des gazons de terre esboulez,
Et quelques herbages foulez,
Ce qu'ils rrouuoient inaccessible
Leur sembla d'vn accez possible,
Et ce fut leur dernier aduis
Que les murs seroient tost grauis.
A couuert du manteau nocturne,
Et de la garde taciturne,
Apres auoir bien regardé
Comment le mur estoit gardé,
Les plus habiles aux surprises
Bien informez des entreprises
S'attendoient qu'auant le matin
Les François perdroient le Latin.
Mais ceste esperance est friuole,
Il faut venir au Capitole,
Le temps est des plus tenebreux,
Et puis le chemin est scabreux.

Ils montent pourtant, » le gain mene
» Aux dangers la nature humaine.
Ces eſpions ont tant grimpé
Que le rempart eſt occupé:
Il ne reſte plus qu'à deſcendre
En la tour maiſtreſſe, & la prendre,
Mais les Oiſons ont par leurs cris
Deſcouuert qu'ils eſtoient ſurpris.
Au temple de Iunon Deeſſe
Ils viuoient dans la forteresſe
De la publique penſion;
Où pource que la portion
Leur manquoit pour ſeruir au maiſtre,
Ils veilloient, faute de repaiſtre.
Et puis la peur, non ſans raiſon,
Eſt naturelle en noſtre Oiſon,
» La peur eſt mere d'aſſeurance:
» Il faut craindre en mainte occurrence.
D'ongle, de bec, d'aile, de voix,
Ils reſiſterent aux Gaulois,
Tous d'vn accord, en mainte bande,
Ils font vne rumeur ſi grande,
Qu'ils reſueillerent les Romains:
De l'allarme ils viennent aux mains.

Manlius premier de la troupe
Auec ſa hache adextre coupe
Le poin d'vn Gaulois roide & fort
Eſleué pour le mettre à mort.
Il heurte vn autre de ſecouſſe,
Et du mur en bas il le pouſſe.
Le reſte ſuiuit, & parmy
Le maiſtre du guet endormy.
Ceux qui prenoient changent de face,
En fuyant ils quittent la place:
  Ainſi que le poiſſon cuidant
Prendre le vermiſſeau pendant
A l'hameçon, eſt pris luy-meſme;
Ainſi pris en ſon ſtratageme
Eſt le Gaulois entrepreneur,
Et qui ſembloit pris eſt preneur.
  Depuis le Gaulois a du pire,
Et du bon le Romain Empire:
Camille ameine du ſecours,
Brenne perd ſes gens tous les iours.
D'vn coſté la fain le moleſte,
Et de l'autre vne forte peſte:
Les femmes, les enfans, le train
Eſtoit bien grand, petit le pain:

L'air eſchauffé des maiſons arſes,
Au vent les pouſſieres eſparſes,
L'eſté plus qu'en la Gaule chaut
Leur donnoit vn mortel aſſaut.
Las de foüyr la ſepulture
Aux treſpaſſez, la pourriture
Gaſtoit les ſains, & Rome alors
N'eſt qu'vn cemetiere de morts.
Au trauers de ceſte infortune
Vne occaſion opportune
Sous-rioit à Brenne pourtant:
Il auoit de l'argent content
Pour faire vne honneſte retraitte:
Trop auare au poids il ſ'arreſte,
Il met ſon glaiue & ſon pendant
Pour croiſtre le poix: ce pendant
Voicy Camille eſt à la porte
Qui le chaſſe, & rien il n'emporte
Que la tache & le des-honneur
D'auoir trop eſté rançonneur.
Il quitte Rome auec ſa perte,
Bien content de la voir ouuerte,
Quand il y vient: bien plus content
De la voir ouuerte en ſortant.

Fauorisé de la nuict sombre,
Les fuyards aiment bien ceste ombre,
Il tourne face, & craint la main
Du mutiné peuple Romain.
Ah que ceste faueur indeuë
Luy fut au iour bien cher venduë!
Comme l'Aurore au teint vermeil
Eut congedié le sommeil,
Et baigné de pleurs la memoire
De Memnon cheu sous l'onde noire,
Les Gaulois restent le butin
D'vn sanglant resueille-matin.
Les Gabiens de ce carnage
Rendent perennel tesmoignage,
Leurs champs sont encore engraissez
Des corps des Gaulois entassez.
Camille à toute l'Italie
Pour les poursuiure se r'allie:
De si loing qu'ils sont apperceus
Les Romains leurs courent dessus:
O qu'ils ont bien la represaille
De leur Allienne bataille.
L'honneur aux merites est deu,
Qu'il soit donc aux Oisons rendu:

Ils ſont autheurs de la victoire
Ils en doiuent auoir la gloire :
Ne l'attribuez point aux mains
De Camille, ny des Romains,
Les Oiſons auec leurs vacarmes
Ont plus fait qu'eux auec leurs armes.
Le Senat iuge de cecy
Leur adiuge vn triomphe auſſi:
Graue eſt leur port, leur mine altiere
Triumphans en vne litiere:
Vn Roy n'a pas ſi grande court,
Le peuple en foule apres eux court,
Heureux celuy qui les approche,
Plus heureux qui traine leur coche,
Tres-heureux qui les apperçoit,
Et de leurs œillades reçoit.
Qui leur eſt de ſalut auare
Eſt reputé pour vn barbare,
C'eſt quelque Gaulois, ce dit-on,
On l'aſſomme à coups de baſton.
Autant que le iars eſt en vogue,
En diſgrace autant eſt le dogue:
Au bout du ſomme d'vn moment,
Vn autre a ſon commencement,

Qui pour iamais de leur paupiere
Bannit la celeste lumiere.
On n'excepte point les barbets,
Ils sont tous menez aux gibets,
Par arrest du Senat qui porte
Qu'ils doiuent mourir de la sorte,
Pour auoir eu si peu de soin
Quand il faisoit tant de besoin,
Prestant l'espaule du silence
A la Gauloise sur-veillance.
Depuis ce temps le chien perdit
Parmy les Romains son credit,
Nos Gaules furent son azyle;
Tel Gaulois en nourrit vn mille,
Certain que ce noble animal
Aux Gaulois ne voulut nul mal:
„ Amy pourtant il vaut mieux estre
„ De la trahison que du traistre.
L'Itale a bien plus de raison
De cherir son gentil Oison,
Estant plus que les chiens aimable,
Veu son merite inestimable:
Le chien mort ne nous sert de rien,
L'Oison estant mort nous sert bien:

Si viuant il fut delectable,
Mort il n'est pas moins profitable.
Ie me plais d'en voir à foison
En la printanniere saison
Baigner leurs testes argentees
Dedans les ondes frisottees,
Quand le Soleil du haut des cieux
Les dore au fourneau de ses yeux:
Pres d'eux la neige paroist noire,
Leur bec fait honte au pur iuoire,
Et leur œil serein & riant
Aux rondes perles d'Orient;
Leur gorge colombine & perse
Vainc Iris en couleur diuerse:
Gardez vostre arc en ciel, ô Dieux,
L'arc du col d'Oison me plaist mieux,
A de la terre sigillee
Ne sera point mal égalee
Leur belle greue: vn pan n'a pas
Ny si beau pied, ny si beau pas.
A leur contenance modeste
Leur qualité se manifeste,
Que le Cigne en soit excepté
Nul les surmonte en majesté:

Comme s'ils menoient l'espousee
Leur allure est douce & posee.
Leur amour de plus est si fort
Que l'vn sans l'autre point ne sort.
L'homme non plus homme, ains vn diable
Cependant n'est point sociable;
Ou bien s'il a societé
C'est auec quelque impieté.
Comme si quelque experience
Leur auoit donné la science
Qu'ainsi que les traits diuisez
Peuuent estre aisément brisez,
Ainsi facilement brisee
Seroit leur troupe diuisee.
Les maistres de camp belliqueux
N'ont point eu d'autre patron qu'eux
Pour bien disposer vne armee,
Taure montaigne renommee
Tesmoignera le grand danger
Qu'euite leur camp passager
Par la Martiale police
Qui resplendit en leur milice.
Assaillis des aigles espars
En ce pais de toutes parts:

Ils font vne si bonne garde
Contre l'embuscade hagarde
Par la serpentine façon
D'vn militaire limaçon,
Que las & matté l'aduersaire
Escreuissant va sans rien faire.
　Aigle, ie m'esbahis comment
L'Oison ne t'esprouue clement?
Vous deuriez estre sympathiques:
N'estes-vous pas les domestiques
De Iupiter & de Iunon?
D'ailleurs Rome où bruit vostre nom,
Rome vostre ville commune
Deuroit calmer vostre rancune.
　Mais l'Oison a droit, l'Aigle a tort:
Car sans l'Oison l'Aigle fust mort,
Sans l'Oison Brenne auoit enuie
De priuer les Aigles de vie;
Et l'eust fait, s'il eust mis les mains
Sur les bannieres des Romains:
Et l'Aigle cependant machine
Aux Oisons leur perte & ruine!
　L'Aigle des oiseaux est le Roy,
Le Roy ne veut d'égal à soy,

Et c'est pourquoy l'Aigle desdaigne
Que l'Oison Royal l'accompaigne.
Le ciel ne veut point deux soleils,
Ny l'air deux grands oiseaux pareils.
Si grand est le don de la vie
Qu'vn grand fait beaucoup, s'il obuie
D'en estre redeuable aux siens:
Il luy donneroit tous ses biens
Qu'il iuge que le vassal pense
Qu'au prix c'est peu de recompense.
Et ne croit point estre acquitté
Que par son autre extremité:
L'Aigle paye en ceste monnoye
Le debonnaire fils de l'Oye.
Le trespas qui termine tout
Ne peut trouuer pourtant le bout
De leur discorde perennelle:
L'Aigle est-il mort, prenez son aile,
Elle consume vne foison
De plumes voisines d'Oison.
Combien aigrement se courrouce
L'archer qui ne trouue en sa trousse
Sinon des traits desempennez,
Qu'vn tout seulet a ruinez.

La beste rousse, noire ou fauue
Exempte cependant se sauue.
Camille n'auoit point d'esprit
Qu'au lieu des Aigles il ne prit
L'Oison sauueur du Capitole,
Pour signaler sa banderole.
Qu'ont fait les Aigles rapineurs
Pour meriter si grands honneurs?
Que n'a fait l'Oison venerable
Pour auoir ce rang honorable?
Mais ie ne suis fois en soucy
Pourquoy l'Oison n'a point cecy
Qu'auec son Oüy Greco-Gallique
Doucement il ne me replique:
Ie suis plus aise de sçauoir
Qu'on me le doit, que de l'auoir.
L'Aigle est plus fort, mais il n'importe.
L'Oison est d'humeur plus accorte:
Vn petit camp estant d'accord
Met en route vn grand en discord.
Le petit croist par la concorde,
Le grand descroist par la discorde.
Sans les rais de l'esprit, le corps
Fait iouër en vain ses ressorts.

Ainsi l'Oison merite d'estre
Des Aigles Capitaine & Maistre.
Ennemy fut de verité
Quiconque à la posterité
Laissa la fabuleuse histoire
Que trois Faucons ont eu victoire
De vingt Oisons, ie n'en crois rien,
Il a bel estre historien:
Il aimoit la fauconnerie,
» L'amour n'est point sans flatterie.
Quelque ordre qu'on mette aux estours,
On n'y sçauroit vaincre tousiours,
quand donc l'Esperuier les guerroye,
Ou bien quelqu'autre oiseau de proye,
Qu'vn d'eux est pris, l'on voit courir
Les autres pour le secourir.
Ils ceignent l'ennemy de sorte
qu'ils le gardent bien qu'il l'emporte:
De bec, de griffes, d'ongles forts,
Ils couurent de playes son corps
De sang est teinte l'herbe verte,
De plumes par endroits couuerte,
L'Oison captif est deliuré,
Le preneur esquiue nauré:

Le frere en fortune contraire
Aideroit-il mieux à ſon frere ?
» La voix eſt de noſtre ſecret,
» Ce dit-on, le viuant pourtrait:
Vn ſymbole hïeroglyſique
Que noſtre Oiſon eſt pacifique,
Il dit touſiours Ouy, mot de paix,
C'eſt pour ne diſcorder iamais.
Ce n'eſt pas tout: l'Oiſon encore
Eſt ſçauant en la Meteore:
Quel Aſtrologue pourroit mieux
Promettre le temps pluuieux?
C'eſt vn preſage manifeſte
Qu'en bref de la voute celeſte
Les pleurs d'Iris diſtileront,
Quand les Oiſons haut s'eſcri'ront
Et des longs cerceaux de leurs aiſles
Battront coup ſur coup leurs aiſſelles.
Quiconque eſpluchera de prés
De la nature les ſecrets
Dira que l'Oiſon manifeſte
Son allegreſſe par ce geſte:
Alors que l'air ſe ramoitit
La moiteur luy donne appetit:

Son foye eſt eſtoilé de roüille
Si bien ſouuent il ne le moüille.
Auec ſon inſtinct vn Oiſon
Paſſe l'homme auec ſa raiſon.
Sans eſtude il ſçait & ſans liure
Le temperament de ſon viure,
Soy-meſme le brut animal
Applique remede à ſon mal:
Auec l'Origan la Cigongne
A ſon infirmité beſongne:
L'Eſperuier au Ieracion
Trouue ſa diſpoſition:
L'Aigle abbatu ſe reſuſcite
Auecques la pierre Aëtite;
Auſſi luy donne-il ſon nom:
Sain aux milans eſt le Rhamnon
La Cercelle en la chicoree
Trouue la ſanté deſiree:
Merles, Iais, Ramiers, & Perdris
Des lauriers retournent gueris,
Aux Irondelles eſt idoine
La fueille de la chelidoine.
A la Huppe l'Adianon,
Aux Herons eſt le Cancre bon,

Aux Estourneaux est salutaire
Le Myrthe amoureux de Cythere,
Les lys sont efficacieux
A l'oyseau qui porte cent yeux:
Les poules trouuent medecine
En la pasture de l'Helxine :
Par la Siderite l'oyson
Ny plus ny moins a guerison.
Ne pensez pas que la nature
Neglige ceste creature,
Il n'est pas de si bas aloy
Qu'il n'ait souffert l'ire d'vn Roy?
„ L'ire de raison incapable
„ Trouue l'innocence coulpable.
Tout beau Gaulois souuenez-vous
Que les domestiques chez vous
Ne doiuent admettre aucun traistre
Au preiudice de leur maistre
Ils prennent (disent-ils) raison
Par la vengeance de l'Oison,
Des Oyes Capitoliennes
Et des fureurs Italiennes.
Celuy qui ne peut estre pris
Esmeut le reste auec ses cris.

L'allarme estant par tout semee,
Il en vint vne grande armee
De bien loing & des enuirons
Dedans le champ des Beausserons.
Apres vne grand'resistance
Au lit d'honneur auec constance
Moururent, ô grande cruauté!
Les Oisons pleins de loyauté.
L'Aigle cede aux armes de Cannes,
Et les Oisons aux Gallicanes.
Non que l'on doiue toutefois
S'imaginer que le Gaulois
Auec vne telle victoire
Ait esteint pourtant leur memoire:
Tant s'en faut pour la conseruer
Ils firent deslors esleuer
Où plus espais fut le carnage
Vn grand & spacieux village,
Pour eterniser leur renom,
OYSON-VILLE encor il a nom,
Il ne faut craindre qu'il ternisse
Que le village ne finisse.
L'Oison tué des ennemis,
Le duuet au cheuet fut mis

Comme vne chose precieuse,
Sous la teste victorieuse,
Auparauant inusité
Pour l'humaine commodité.
Les chairs apres euiscerées
Furent au festin preparées.
Ce mets est si delicieux
Que mesme le moteur des Cieux
S'enrepeut sous le toict de Bauce,
Quittant le nectar pour la sausse.
Differents sont leurs appetits;
Oisons bouillis, Oisons rostis
Alloient venoient de table en table:
La petite Oye profitable
N'y manquoit pas auec foison
D'espice, & d'herbes de saison.
» Apres la fiere tragedie
» Vient la farce ou la comedie:
De la graisse on fait des gasteaux
Et des bignets & des tourteaux
Que la vieille Gauloise appreste
A ses enfans au iour de feste:
Le reste sert au vieux Gaulois
Pour en desrouiller son harnois:

Pour apparoiſtre plus mignarde
Par fois la ſeruante s'en farde.
La mere ayant donc veu ſes fils
Ainſi perdus & deſconfits
Le conte à chacun par la voye;
Quels contes que de ma mere Oye?
Tous les ans pareil deſplaiſir
Ennuy pareil la vient ſaiſir,
Lors qu'au Terrain de Noſtre-Dame
Vn nouueau deſaſtre ſe trame
Des Citadins hauts & puiſſans,
Contre ſes nepueux innocens.
Qui les emporte ſe conſole
De la perte du Capitole.
Eſt-il laiſſé de nos bourgeois
Il eſt repris des villageois:
Ils en font monſtre emmy la place
A la mouuante populace:
Et puis le pauuret eſt fiché
Au plus haut d'vn cheſne eſbranché.
Comme on accourt du voiſinage
A la mort d'vn grand perſonnage:
Ainſi pour voir mourir l'Oiſon
Le peuple aborde à grand' foiſon:

Qui le frape est le plus habile,
Il est escheuin de sa ville.
Au loin du François Helicon,
Aupres du fameux Rubicon,
Dans la Flaminoise Arimine,
Où le Mala-teste domine,
En la plus fertile saison
En pleine place on met l'Oison
Sur le plus grand mast qui se treuue,
Et pour faire vne verte espreuue
De sa plus souple agilité
Le Matelot est inuité,
Qui plus habile grimpe au feste
Emporte l'honneur de la feste.
De bras de mains & de genoux
Entortillez en plusieurs nouds
La ieunesse allant file à file
Embrasse le mast & l'enfile:
Par le pied commençent les vns,
Au milieu sont les plus communs:
Qui passe plus outre est bien rare.
Tel y a, qui sans dire gare
A la fin se laisse tomber
Et faict les autres succomber:

Et ſouuent de feſſe charnuë
L'vn baiſe l'autre en face nuë:
L'vn de vergongne bien ſouuent,
L'autre de peur laſche ſon vent.
Et de rire: on n'oit que ſornettes,
On n'oit par tout que chanſonnettes.
Les vns à bas, d'autres à mont,
Iamais les rangs vuides ne ſont:
Ardente & chaude eſt la beſongne:
Et de la derniere vergongne
De ſon concurrent abatu
L'autre eſguillonne ſa vertu.
Dieux, que la cime en eſt arduë!
L'vn a deſ-ja la main tenduë
Sur l'Oiſon que le bras luy faut,
Et chet au plus bas du plus haut:
Icare tomba de la ſorte.
Pluſieurs y vont, vn ſeul emporte.
Qui l'emporte eſt comme vn Seigneur
Reconduit chez luy par hon neur
Auec clerons, auec fanfare.
On porte comme choſe rare
L'Oiſon en triomphe deuant,
Le peuple en foule va ſuiuan[illegible]

Son obiect porte bonne encontre:
Heureux qui l'approche tout contre,
  Chacun en parle à sa façon:
La fille, Eusse je vn tel garçon!
Les vieilles, Eusse-je vn tel gendre!
Heureux qui tels masles engendre!
Dit le vieillard. La mere vient,
A ses costez elle se tient,
C'est son fils, & veut qu'on le sçache,
Le beau veau decore la vache.
  La Ville en gros luy fait present
D'vn prix capable & suffisant
De l'enrichir toute sa vie,
Ses compagnons en ont enuie.
Nostre Oison n'est-il pas l'autheur
De tout ce bien, de tout cet heur?
  Moy mesme en ces pais estranges
Pour auoir chanté ses louanges,
Sans brigue, suffrage, ny vin,
On cuida m'eslire Escheuin.
L'vnce de merite là poise
Vn quintal de bille Françoise.
  Ie l'estois: mais dés que ie vis
Tous les Oisons dans les paruis

Deuant le feu mis à la broche,
I'en fis aux habitans reproche:
O Romains, & vous alliez
Ariminiens, qui souliez
Faire tant de cas de vostre Oye,
Qui vous preserua de la proye
De nos exercites Gaulois:
Contre vos mœurs, contre vos loix,
Vous mangez ces nobles volailles,
Et vous farcissez les entrailles
Des intestins bien accoustrez
De vos gardiens esuentrez.
N'auez-vous pas d'autre viande?
La poule est-elle moins friande?
Vos pots de lazagne, & de ris
Ne sont pas encore taris,
Vos Macarons, vos tailladelles,
Et vos stupendes Fritadelles.
Aux Oisons nos Gaulois despits:
En leur fureur ne feroient pis:
C'est la verité qu'ils les mangent:
Mais en les mangeant il se vengent
De leurs ayeux, qui de leurs mains
Rauirent les aigles Romains:

Montargis ſouuent nous feſtoye
A deſieuner de petite Oye.
Quoy qu'ils en facent leurs repas,
Noſtre Oiſon pourtant ne meurt pas:
Sa plume peut le faire viure
Tant à la peinture qu'au liure.
Que le peintre en quelque pourtrait
Vueille tirer vn hardy trait,
Si l'Oiſon ne fournit ſa plume,
En vain d'exceller il preſume.
Encore les plumes d'Oiſon
Aux eſcriuains ſont de ſaiſon:
Aux Secretaires, aux Dataires
Sont telles plumes neceſſaires:
Eſcrites en furent nos loix:
Les dons & les graces des Rois,
Les arreſts de Cour, les ſentences
Et les affaires d'importances.
Le malade aux plumes d'Oiſon
Doit meſmement ſa gueriſon,
De la plume d'Oiſon procede
L'ordonnance de ſon remede.
De plumes d'Oiſon ſont eſcrits
Les élancemens des eſprits,

Les immortelles Poesies,
Les belles paroles choisies,
Lerreur aimable des amans,
Et leurs agreables tourmens.
Pour respondre à la calomnie,
Vne multitude infinie
S'escrime de plumes d'Oison
Contre le droit & la raison :
Ie sçay qu'vne humeur satyrique
N'en tracera vers qu'il ne pique,
Que l'impieux en tracera
Ce que la foy condamnera,
Qu'en bon François vn faux Notaire
Cent meschancetez en peut faire,
Et que les infames sergens
En destruiront les pauures gens:
Mais il ne faut qu'on se presume
De blasmer l'Oison pour la plume:
L'vsage est bon en bonne main,
En mauuaise il est inhumain:
Sans autre accusons la manie
Du meschant qui mal la manie:
Lon ne retranche pas les seps
Lors que le vin nuit, mais l'excez.

L'abus eſt de coulpe capable,
L'Oiſon & ſa plume incoulpable.
Si l'eſprit n'en eſt mort du tout,
Et vit encor en quelque bout,
Quel rauiſſement le chatouille,
Sçachant que leur chere deſpouille,
Et leur antique monument
Eſt arriué nouuellement
A PREVOST, dont la voix de Cygne
Entre les Oiſons eſt inſigne:
En France ils ont trouué des mains
Qui valent celle des Romains,
Soit aux affaires Politiques,
Soit aux paſſe-temps Poëtiques.
Si Pithagore n'a menty
Que l'eſprit de ſon corps party
Informe ſelon ſa nature
Telle ou telle autre creature:
Ie veux en l'arriere-ſaiſon
De Cygne deuenir Oiſon,
Heureux ſi i'ay ſon bec d'iuoire
Pour barboter en l'onde noire.

Si noſtre Oiſon peut ce qu'il vaut,
Puiſſe-je obtenir de PREVOST,
Seigneur des Oiſons en leur ville,
Pour mon Cygne blanc vn azyle.

L'Alcee Banny.

L'Autheur enuoyant vn Oiſon

AV SIEVR D'OISON-VILLE.

Aucun ne doit trouuer eſtrange
L'oiſeau qui nomme ſa maiſon:
I'ay pour luy nourry cet Oiſon,
Pour l'amour de moy qu'il le mange.

RESPONCE.

Le manger ne doit eſtre eſtrange,
L'Oiſon n'eſt gras que pour manger:
Venez à table vous ranger,
" *L'on deuore; plus on ne mange.*

REPLIQVE.

L'on deuore plus, choſe eſtrange!
Qu'on ne mange en voſtre maiſon?
Ayant deuoré voſtre OISON,
Mon CYGNE a peur qu'on ne le mange.

AVTRE.

L'on deuore; plus on ne mange
(Dites-vous) en ceſte ſaiſon:
Vos amis ont bonne raiſon:
L'aouſt vient, ils vuident voſtre grange.

A LOYS LE BEL.

Ton Ian le Blanc, oiſeau de S. Martin* Πύγαργος
Ne chaſſe plus aux poules du village:
L'Oiſon vaut mieux, plus gros eſt le butin,
A ſes amis il le donne au pillage.

www.ingramccntent.com/pod-product-compliance
Lightning Source LLC
LaVergne TN
LVHW052017160826
845678LV00003B/1089

* 9 7 8 2 3 2 9 6 5 3 3 6 5 *